AF249465

LES MUSES

RASSEMBLE'ES
PAR
L'AMOUR.
IDILLE.

MISE EN MUSIQUE PAR M. CAMPRA,
Maître de la Musique de la Chapelle du Roi; Directeur
de celle de S. A. S. Monseigneur LE PRINCE DE CONTI;
& l'un des Academiciens de l'Academie de Musique
d'Aix.

A PARIS,

Chez JACQUES ESTIENNE, ruë saint Jacques,
à la Vertu.

M. DCC. XXIII.

AVEC PERMISSION.

LES MUSES

RASSEMBLE'ES PAR

L'AMOUR.

IDILLE.

SCENE PREMIERE.

L'AMOUR, CHOEUR DE MUSICIENS.

L'AMOUR.

CHANTEZ, célebrez l'heureux jour
Qui me rappelle en ce charmant séjour :

Une épouvantable Furie
A trop long-tems désolé ces climats,

A

Qu'un doux repos fuccéde à tant de barbarie,

Et que l'image du trépas

De vos plaifirs nouveaux à jamais foit bannie.

Chantez, célebrez l'heureux jour

Qui me rappelle en ce charmant féjour.

CHOEUR.

Chantons, célebrons l'heureux jour

Qui dans ces lieux a rappellé l'Amour.

L'AMOUR.

Je viens de tous vos maux effacer la memoire,

Je n'exige de vous pour prix de mes faveurs,

Que de faire briller la gloire

Et d'Apollon & des neuf Sœurs.

CHOEUR.

Répondez-nous, tendres Mufettes,

Des Jeux & des Plaifirs célebrez le retour,

Qu'ils regnent à jamais dans ces douces retraites,

Chantons, célebrons l'heureux jour,

Qui dans ces lieux a rappellé l'Amour.

UNE MUSICIENNE.

Aimable tyran de nos ames,
Tout court au devant de tes fers,
Sans les feux dont tu nous enflames
On verroit perir l'univers.

Après les plus vives alarmes
Offre-nous l'attrait du plaisir ;
Amour, fais-nous goûter les charmes
De l'esperance & du desir.

On entend un bruit qui annonce le Dieu Mars.

DEUX MUSICIENS
de la suite de l'Amour.

Quel bruit se fait entendre ?
Il annonce le Dieu qui préside aux combats ;
Quel dessein le force à descendre ?
Veut-il troubler aussi ces fortunés climats ?

SCENE SECONDE,

MARS, L'AMOUR, CHOEUR DE MUSICIENS.

MARS.

NE craignez rien de ma préfence,
Bellone & la Terreur ne fuivent point mes pas,
Le Deftin qui pour vous a défarmé mon bras
Veut qu'un plus long repos comble votre efperance.

Triomphez, Dieu charmant, regnez dans ces beaux
    lieux,
      Sans ceffe le Flambeau des cieux
      Y répand fa chaleur féconde,
Il y fait de beaux jours, quand l'Hyver furieux
      Ravage le refte du monde.

CHOEUR.

Triomphez, Dieu charmant, regnez dans ces beaux
    lieux,
      Sans ceffe le Flambeau des cieux

Y répand sa chaleur féconde ;
Il y fait de beaux jours, quand l'Hyver furieux
Ravage le reste du monde.

L'AMOUR.

Les Romains autrefois ornerent cette ville,
Elle doit plaire à vos regards,
Je veux qu'elle serve d'asile
Aux Jeux, aux Plaisirs, aux beaux Arts.

Que le Ciel favorable à jamais y conserve
Un Heros * qui fait voir la valeur des Césars,
Il joint aux faveurs du Dieu Mars,
Les aimables dons de Minerve.

Ensemble.

Qu'il jouïsse à jamais du fruit de ses exploits ;
Pour chanter sa valeur unissons tous nos voix.

MARS.

Sçavantes Nymphes du Permesse ;

* M. le Maréchal DE VILLARS, Gouverneur de Provence.

Venez, rassemblez-vous dans ces aimables lieux :

Vous, qui par vos accords inspirez la tendresse,

Chantez le plus charmant des Dieux.

CHOEUR.

Sçavantes Nymphes du Permesse,

Venez, rassemblez-vous dans ces aimables lieux :

Vous, qui par vos accords inspirez la tendresse,

Chantez le plus charmant des Dieux.

SCENE TROISIEME.

ERATO, EUTERPE, CHOEUR DE MUSES
ET DE MUSICIENS.

ERATO.

Accourez, jeune Hebé, que les Ris & les Graces
Les Jeux & les Plaisirs voltigent sur vos traces.

Ce n'est qu'à des Divinitez
Que cette Fête est destinée :
Non, jamais de Thetis le pompeux hymenée
Ne rassembla tant de beautez.

EUTERPE.

Ne vous offensez pas, Déesse de Cythere,
Des vœux que font pour moi de si charmans objets;
Reposez-vous sur leurs attraits,
Sur ces dons que de vous ils ont reçû pour plaire;
Du soin toûjours égal d'augmenter vos sujets.

ERATO.

Qu'une si douce intelligence
Fasse revivre encor cette fameuse Cour *
Qui jadis en ces lieux signala la puissance
De la Mere d'Amour.

Ensemble.

'A ce tribunal redoutable
Les crimes des Amans ne sont pas impunis ;
Si l'on brise les nœuds de deux cœurs bien unis,
L'Amour demêle le coupable.

CHOEUR.

'A ce tribunal redoutable
Les crimes des Amans ne sont pas impunis,
Si l'on brise les nœuds de deux cœurs bien unis,
L'Amour demêle le coupable.

UNE MUSE.

En vain, jeunes Beautez, sous un voile trompeur,

* *La Cour d'Amour qui étoit autrefois établie à Aix.*

Vous déguisez votre inconstance :
Le Dieu chargé de la vengeance
Penetre jusqu'au fond du cœur.

UNE AUTRE.

Amans heureux, soyez fidelles,
Ne dites pas même aux forets
Les tendres faveurs de vos Belles,
Les Echos d'alentour trahiroient vos secrets.

CHOEUR.

A ce Tribunal redoutable
Les crimes des Amans ne sont pas impunis,
Si l'on brise les nœuds de deux cœurs bien unis,
L'Amour démêle le coupable.

EUTERPE.

Que j'aime l'éclat de ces lieux !
Que cet encens m'est précieux !
Par les accords d'une sçavante lyre
Mes plus fidéles Nourriffons

Enchantent mon oreille, & lui rendent les sons

Aussi doux que je les inspire.

UN MUSICIEN PROVENCAL.

Le langage divin des Filles de Memoire

De la rime * en ces lieux emprunta l'agrément;

Nos habitans ont eû la gloire

D'y joindre un attrait si charmant.

* *Les Troubadours anciens Poëtes Provençaux sont les premiers qui ont enseigné l'usage de la rime.*

SCENE QUATRIE'ME
ET DERNIERE.

'APOLLON, L'AMOUR, CHOEURS DE MUSES
ET DE MUSICIENS.

'APOLLON.

J'Abandonne pour vous les rives du Permeſſe ;
Vos concerts ſont dignes des Dieux :
Je vois avec plaiſir s'aſſembler en ces lieux
Les Arts que cultivoit la Gréce.

Offrez à la vertu les premiers de vos vœux,
Des plus fameux Heros conſacrez la memoire ;
Ne célebrez jamais les plaiſirs & les jeux
Qu'après avoir chanté la Gloire.

L'AMOUR.

Jeunes cœurs bleſſés de mes traits,
Chantez votre heureuſe défaite.
Rendez ma victoire complette,
Je rendrai vos plaiſirs parfaits.

Aux tranſports de votre tendreſſe
Je meſure votre bonheur,
J'inſpire une aimable fureur,
Ma folie eſt une ſageſſe.

Jeunes cœurs bleſſés de mes traits,
Chantez votre heureuſe défaite,
Rendez ma victoire complette,
Je rendrai vos plaiſirs parfaits.

APOLLON.

Du tendre Amour doit-on craindre les flames
Quand il nous promet ſes faveurs ;
Si ce Dieu pour ſa Mere embraſe tous les cœurs,
Aux plus brillans exploits il excite les ames.

APOLLON ET L'AMOUR.

Offrez à la Vertu les premiers de vos vœux,

Des plus fameux Heros confacrez la memoire,

Ne célebrez jamais les Plaifirs & les Jeux

Qu'après avoir chanté la Gloire.

CHOEURS.

Offrons à la Vertu les premiers de nos vœux,

Des plus fameux Heros confacrons la memoire ;

Ne célebrons jamais les Plaifirs & les Jeux

Qu'après avoir chanté la Gloire.

FIN.